LA MAISON
DES CÉLIBATAIRES

Du même auteur chez le même éditeur

La vierge froide
et autres racontars, 1993

Un safari arctique
et autres racontars, 1994

La passion secrète de Fjordur
et autres racontars, 1994

Un curé d'enfer
et autres racontars, 1996

Le voyage à Nanga,
un racontar exceptionnellement long, 1997

La maison de mes pères 1995
1) Un récit qui donne un beau visage
2) Le piège à renards du Seigneur
3) La fête du premier de tout

Le chant pour celui qui désire vivre
Heq, 1995
Arluk, 1996
Soré, 1997

Le jour avant le lendemain, 1998

Jørn Riel

LA MAISON DES CÉLIBATAIRES

Traduit du danois par
Susanne Juul et Bernard Saint Bonnet

GAÏA EDITIONS

Titre original :
Ungkarlehuset

Illustrations :
Des Asmussen

Illustration de couverture :
© Des Asmussen, mise en couleur Michel Gertou

ISBN 2-910030-59-8

Diffusion-distribution :
DIFF-EDIT, 96, bd du Montparnasse, 75014 Paris.

Chapitre 1

... où l'on fait la connaissance des cinq insouciants célibataires, qu'une réflexion de Moses va plonger dans l'inquiétude

Après que le bateau d'approvisionnement, la *Vesle Mari*, suite à un heurt malencontreux contre un iceberg, eut sombré au sud du Groenland, il ne manqua pas de choses pour surprendre et fasciner les chasseurs naufragés du nord-est du Groenland. Le monde du sud du Groenland était décidément bien différent, et le comportement des gens n'avait pas grand-chose de commun avec ce qu'on avait connu dans le nord-est. Toutefois les vieux garçons de la maison des célibataires avaient, eux, quelque chose de très familier.

Pour comprendre vraiment ces récits tout à fait véridiques, nous devons un instant tourner nos regards vers Sardloq, petit comptoir posé comme un nombril sur ce grand corps qu'était le sud du Groenland. En tout cas aux yeux de ceux de Sardloq. Ce récit se passe avant l'arrivée des chasseurs du nord-est, oui avant même l'arrivée du Docteur Pind dont il sera question dans des racontars arctiques ultérieurs parce qu'à l'époque il assurait ses fonctions dans le nord.

Sur la colline, au-dessus de la boutique du comptoir, mais cependant en dessous de l'église – laquelle, selon les traditions les mieux établies, doit être au plus près de Dieu – se trouvait la maison des célibataires. Une maison somptueuse et de grande taille qui avait autrefois appartenu à la mission des Frères moraves. Mais comme, à Sardloq, les choses allaient franchement mal pour les missionnaires, ils replièrent leur quartier général vers l'est avec le pieux espoir que, là-bas, les populations seraient plus réceptives à la bonne parole.

En quelques années la maison des missionnaires tomba dans un pittoresque état de délabrement, jusqu'au jour où une poignée de célibataires en prirent possession et en firent leur tanière. Ces célibataires se distinguaient par leur capacité à ne rien faire, mais vivaient cependant en parfaite santé. Qu'étaient-ils ? Des fainéants ou des gens qui savaient vivre, c'est selon. Toujours est-il que s'ils ne faisaient aucun mal, ils n'étaient pas d'une grande utilité non plus.

Ils étaient cinq.

Moses, dont le père était des Iles Féroé et la mère

de Holsteinsborg, était un petit homme rond et boudiné avec un nez remarquablement développé qui, le matin, brillait dans des nuances rosées pour virer progressivement au cours de la journée au violacé.

Kernatoq, nom qui signifie « le noir », avait du sang de pêcheur portugais dans les veines, bien dilué avec du sang groenlandais de Hunde Ejlande. Il était petit, frêle, et avait les cheveux noirs et frisés. Ce n'était toutefois pas à ses cheveux qu'il devait son sobriquet, mais à son travail qu'il accomplissait en qualité de capitaine sur le bateau à charbon de la colonie. Il ne se lavait que rarement et c'est pourquoi sa peau, petit à petit, avait pris la couleur du charbon. Kernatoq aimait beaucoup les femmes, mais les filles de Sardloq l'évitaient. Celles qui, par pure gentillesse, partagèrent quand même occasionnellement son lit, prétendirent que la poussière de charbon crissait entre leurs dents pendant des semaines après.

Joseph et Abraham étaient jumeaux. Ils avaient une mère groenlandaise et un père inconnu dont ils parlaient beaucoup, car à une telle origine pouvait être attribuée une hérédité pour le moins élastique selon les circonstances.

Le dernier s'appelait Kodak. Il n'avait qu'un œil, mais avec lequel il voyait relativement bien, et il était doté d'une mémoire phénoménale. Personne n'avait jamais entendu parler de ses parents, mais comme il parlait bien le groenlandais, on supposait qu'il était né au Groenland.

Les célibataires possédaient un cotre baptisé Alianartoqangitsoq, ce qui signifie le *Sans Souci*. Quand le temps s'y prêtait, ils partaient à la pêche. Mais cela restait rare. Ils ne faisaient que ce qui était strictement indispensable à leur survie. Kernatoq, grâce à son emploi stable sur le bateau à charbon de la colonie, gagnait suffisamment bien sa vie pour subvenir aux besoins de tout le monde.

Les célibataires aimaient beaucoup le mois d'août. Ce mois-là débordait de jours ivres de soleil où ils remplissaient le *Sans Souci* de bières et d'eau-de-vie achetées à la boutique du comptoir et partaient en excursion dans le Fjord d'Amélie. Là, ils déposaient délicatement le bateau sur la plage à marée basse, déjeunaient et se couchaient dans l'herbe histoire de cuver, jusqu'au moment où la marée haute les réveillait. A ce moment-là, ils buvaient café et pousse-café en causant de tout et de rien. Un jour, ils en vinrent à parler de vieillesse. Moses, qui avait déjà un certain âge, dit avec inquiétude :

« Avez-vous déjà pensé que, quand on sera vieux, on pourra plus se balader comme ça et faire ce qu'on veut ? » Il secoua la tête avec un air grave. « Si on continue comme ça jusqu'au moment où on sera vieux, on nous mettra dans une maison pour vieillards et on sera obligés d'obéir aux ordres d'un quelconque garde-chiourme acariâtre, même quand on n'en aura pas envie. »

Kernatoq frotta une de ses joues noires. « C'est vrai, Moses ? On va être obligés de quitter Sardloq ? »

« On sera dispersés à tous les vents, répondit Moses, parce qu'ici y'a pas de maison pour vieillards. Dans le meilleur des cas, ce sera Nanortalik ou Julianehåb ou Sarnaq. »

Les copains en frissonnèrent d'effroi. L'idée d'être séparés pour être parqués dans des lieux différents leur était insupportable.

« Tu crois pas qu'on pourrait rester dans la maison des célibataires ? » demanda Abraham.

« Elle est pas à nous, lui rappela Moses. Le jour où l'administrateur voudra la faire disparaître, il nous foutra dehors. »

Abraham jeta un regard à Joseph, et le frère hocha la tête. Ces deux-là se comprenaient à demi-mot.

« Un beau jour, continua Moses, ils vont raser la maison pour en construire une nouvelle. Y'a plein de gens qui ont envie de vivre là-haut sur la colline, avec la belle vue. Je crois qu'il est temps que nous pensions un peu à nos vieux jours. »

Kernatoq se leva sur un coude et regarda vers le

fjord. Ce que venait de dire Moses l'avait secoué. La perspective d'être un jour obligé de quitter Sardloq et ses amis le paniquait. Il fallait vraiment faire quelque chose pour assurer leurs vieux jours avant qu'il ne soit trop tard.

Le Fjord d'Amélie était merveilleux. Les montagnes basses étaient tapissées de bruyères en fleurs. Une couverture de pavots jaunes s'étirait derrière des dunes de linaigrette qui flottaient comme des petits nuages effilochés dans l'herbe parcimonieuse.

Kernatoq réfléchissait. Il s'éloigna un peu de ses camarades et se coucha sur l'étroite plage de sable au-dessus de la marque des marées. Il regarda au-delà du fjord où l'eau ressemblait à du plomb fondu taché par le blanc des blocs de glace à la dérive. Au bout du fjord, un banc de brouillard s'étalait comme une couverture de laine fripée, et plus loin encore dans son champ de vision, le Fjord de Glace étirait ses pics de sucre vers le ciel vide et bleu. Il ressentit un grand trouble et se mit sur le côté, avec sa veste roulée sous la tête. Dans cette position, il avait les yeux braqués droit sur un trèfle doré dont les hampes de fleurs s'élançaient vers la lumière. Il découvrit un droséra dont les pompons étaient rouges comme s'il s'était léché les babines après un repas sanguinolant.

Kernatoq revint à lui. Il avança une main noire et laissa un doigt glisser sur les petites baies bleues des comarets, en caressa les fleurs rougeâtres et sourit à la vue des pétales en évantail, comme les doigts d'un enfant, de la pédiculaire. Son trouble disparut et un grand projet germa alors en lui. Avant que la marée n'ait remis à flot le *Sans Souci*, il savait comment il pourrait ménager un avenir serein à ses compagnons, et à lui-même.

Chapitre 2

... où Kernatoq, contre toute attente, décide de se laver

La maison des célibataires n'était pas la plus belle des maisons de Sardloq, mais c'était la plus grande. Il y avait six chambres autour d'une immense salle, une grande cuisine et une remise. Dans le pignon, il y avait en plus une petite chambre avec une entrée à part. Là vivait Kernatoq. Quand il rentrait de ses navigations jusqu'aux hameaux disséminés le long de la côte, il était toujours noir de poussière de charbon, raison pour laquelle il avait sa chambre à part. Là, il pouvait salir autant que cela lui chantait. Kernatoq déteignait et mettait ses pattes noires partout.

Il était de notoriété publique que Kernatoq ne se lavait que quand il allait à l'église, ce qui n'était arrivé que deux fois ; ce ne fut donc pas une mince surprise que de voir, au retour de l'excursion dans le Fjord d'Amélie, le petit homme noir sortir un grand baquet, le poser devant la maison, le remplir d'eau bien chaude de la cuisinière et exiger qu'on lui amène un pain de savon noir.

Ses amis le regardaient, brûlants de curiosité. Si Kernatoq avait décidé de prendre un bain chaud, il devait bien avoir une raison majeure ; et ils étaient en droit de la connaître.

Quand, nu comme un ver, il entama sa descente dans le baquet, c'en fut trop. Moses ouvrit une fenêtre et regarda l'eau.

« Hum, alors, on se lave, Kernatoq ? »

« Tout juste », répondit notre homme. Il avait de l'eau jusqu'au cou et les yeux mi-clos de volupté.

Moses s'accouda dans l'embrasure de la fenêtre et regarda par-dessus la tête du baigneur. « Tu vas peut-être à l'église ? demanda-t-il. Y'aura sans doute une quelconque fête religieuse qui m'a échappé ? »

Kernatoq secoua la tête. Il entreprit de se frotter la peau avec le savon. Moses murmura pour lui-même.

« Et dans de l'eau chaude ! Dieu me préserve. »

« Sinon, ça lave pas vraiment, répondit Kernatoq. Ça rentre plus en profondeur quand l'eau est chaude, tu piges ? »

« Ah, bon, murmura Moses, alors tu veux être vraiment propre cette fois-ci ? Y'a peut-être même une raison à ça ? »

Kernatoq se mit à se frotter avec une brosse à chiendent. « Je pense à mes vieux jours, répondit-il doucement. Et ça fait jamais de mal d'être propre quand on veut s'assurer sur ses vieux jours. »

« Si tu le dis. » Moses secoua la tête sans comprendre. Il ne saisissait pas un traître mot de ce que pouvait bien vouloir dire le charbonnier, mais de là à le lui dire carrément...

« Dis donc, tu veux pas une bière ? demanda-t-il gentiment. Tu dois avoir soif dans toute cette mousse. »

Kernatoq le regarda, tout surpris. Moses n'offrait de la bière que rarement ; en général il la buvait lui-même.

« Volontiers. » Il sortit un bras couvert de mousse du baquet et agrippa la chope que Moses lui tendait. Et le voilà installé dans l'eau chaude à boire sa bière.

« P't-être bien que t'en as marre de toute cette poussière de charbon, tenta Moses. T'as p't-être même envie de voir comment tu te présentes sous toute cette crasse ? »

« Je ne fais pas ça pour moi, répondit Kernatoq. Je pars faire une visite, vois-tu. »

« Une visite ? »

« Dans le Fjord des Glaces. Je vais à Kangak. »

« Kangak ? » Moses le regarda sans comprendre. Beaucoup de lieux s'appelaient Kangak, terme qui désigne simplement une pointe.

« Là où habite la Veuve Bandita. »

« Bandita ! » Moses écarquilla grand les yeux.

La Veuve n'avait pas bonne réputation parmi les célibataires de la colonie.

« Et c'est pourquoi tu veux être propre comme un sou neuf. Pour rendre visite à la Veuve ? »

« On ne peut pas demander la main d'une dame sans être propre sur soi », répondit Kernatoq.

« Demander la main ? » Moses se pencha encore plus loin par la fenêtre pour ne pas en rater une miette.

« C'est mon intention. Si elle veut bien de moi. »

Troublé, Moses frotta son crâne chauve. C'était incroyable. Kernatoq avait des projets de mariage et se lavait dans de l'eau chaude, avec du savon noir de surcroît, pour se rendre désirable aux yeux de la Veuve.

D'accord, il était encore relativement jeune. Et naturellement, c'était son plein droit de se trouver une bonne femme. Mais Bandita ! Moses soupira profondément et dit à voix basse :

« Oh ! pour ça, elle te prendra sûrement, elle prend le premier venu qui se risque à le lui demander. Tu es sûr d'avoir bien réfléchi à ce que tu fais ? »

« Je vois pas d'autre solution. » Kernatoq regarda l'eau, maintenant noire comme de l'encre. « Si je me marie avec Bandita, je n'irai pas dans un asile de vieillards. Elle n'est pas des plus jolies, ça j'te l'accorde, et elle a une langue de vipère. »

« Et une sacrée force de frappe dans les poings », rajouta Moses.

« Paraît, ouais. » Kernatoq fit un grand geste de la main. « Mais elle a aussi deux cents moutons, une bonne maison et assez d'argent pour subvenir aux besoins de nous tous quand nous serons vraiment vieux. Je le fais pour nos vieux jours, les vôtres et les miens. »

Moses hocha la tête, tout à ses réflexions. La vieillesse était un problème qui, pour lui, n'avait plus grand-chose d'abstrait, mais pour Kernatoq cela ne revêtait aucun caractère d'urgence. Bien sûr, c'était prudent de prendre les devants. Mais de là à aller se marier avec la Veuve Bandita, c'était pousser un peu loin le bouchon.

« C'est pas que je veux me mêler, dit Moses, mais tu crois pas que tu pourrais trouver une solution moins risquée ? Bandita est comme un vieux bâton de dynamite. Dangereux pour les alentours. T'as encore le temps, Kernatoq. »

Le charbonnier secoua la tête, faisant virevolter ses frisettes autour de ses oreilles. « Je n'ai pas autant de temps que tu crois, dit-il. Ce que t'as dit dans le Fjord d'Amélie au sujet de la vieillesse, ça va se répandre à la vitesse grand V par le courrier kamik. Et le sud du Groenland est bourré de célibataires sur le retour qui ont besoin d'assurer leur vieillesse. Un certain nombre d'entre eux auront peut-être la même idée que moi, alors il faut arriver en premier, Moses.

D'ici peu les vieilles éleveuses de mouton vont s'arracher, j'ai donc intérêt à aller voir celle-ci le plus vite possible. »

Moses aspira de l'air entre ses incisives et réfléchit à s'en faire éclater les tympans. Il y avait sans doute un brin de bon sens dans ce que disait Kernatoq, mais d'un autre côté Moses doutait fort que Bandita puisse faire le bonheur de Kernatoq. Et que feraient-ils tous sans lui ? Il vivait parmi eux depuis son enfance, il faisait partie de leur vie.

« Si t'as rien contre, dit-il, on pourrait y aller tous. T'auras peut-être besoin de sortes de témoins quand tu lui demanderas sa main. »

« Vous voulez vraiment ? » Kernatoq leva un regard joyeux de son bain. « Si j'ai des témoins quand elle dira oui, elle pourra plus faire machine arrière, pas vrai ? »

« Non, ça, elle pourra plus. » Moses secoua la tête. « Naturellement, si on y va avec toi, c'est parce que c'est un grand événement dans ta vie, et donc aussi quelque chose qui regarde tes amis. »

Quand Kernatoq sortit du bain, il était presque propre. Ses compagnons le regardèrent avec étonnement, et ils comprirent que la demande en mariage d'un homme d'une telle prestance pourrait difficilement être dédaignée par la Veuve. Ils l'enveloppèrent dans un morceau de toile à voile, et Kodak fit un saut chez sa petite amie avec les vêtements de Kernatoq pour les faire laver.

Le lendemain matin, ils embarquèrent sur le *Sans Souci* et naviguèrent jusqu'à Kangak où Bandita avait son élevage de brebis.

Chapitre 3

... où un fiancé et ses quatre témoins se trouvent embauchés aux travaux des champs

Ce qui manquait à Bandita Eliassen, c'était un homme. Depuis le début de son veuvage dix ans auparavant, une telle créature lui faisait cruellement défaut. Mais personne n'avait jamais vraiment eu le courage de jeter son dévolu sur Bandita, même si elle avait de l'argent au fond de son coffre, des moutons plein la montagne et une santé à toute épreuve.

Parce que Bandita était célèbre pour sa langue acérée et la force prodigieuse de ses biceps.

Kangak était un lieu isolé. La maison se trouvait au fin fond du Fjord des Glaces et ne voyait passer du monde que pendant un mois de l'année, celui où des chasseurs de Sardloq et Sarnaq venaient chasser le phoque. Mais personne ne se risquait à rendre visite à Bandita. On racontait qu'elle avait tué son mari, qu'elle l'avait tabassé à mort parce qu'il avait essayé de faire une fugue jusqu'à Julianehåb. Mais personne ne savait au juste ce qui s'était passé vu que quand le curé était arrivé, le bonhomme était déjà mort et enterré depuis six bons mois.

Cela faisait donc dix ans déjà qu'un homme manquait cruellement dans la maison de Bandita. De préférence un homme fort, capable de travailler vingt-quatre heures sur vingt-quatre pendant les nuits claires de l'été, et qui, à part ça, lui soit tout dévoué. Bandita avait deux cents moutons qui devaient passer cent jours de l'année à la bergerie et qui bêlaient à tout va pour avoir à manger.

Elle trimait elle-même comme une bête. Elle pêchait ces petits poissons qu'on nomme angmagssat quand ils arrivaient dans le fjord. Jambes nues dans l'eau glaciale, elle les jetait sur la plage avec une épuisette. Puis elle les séchait au soleil pour les utiliser comme fourrage pendant l'hiver.

Elle cueillait des brindilles de saule et les séchait lentement pour que les feuilles ne tombent pas. Elle récoltait des algues de la plage à grands coups de pelle, les rinçait à grande eau pour les dessaler et en faisait des meules devant la maison. A la fin, elle fauchait toute l'herbe du coin, la séchait, et ramenait le foin à la maison en le portant en grosses bottes sur son dos.

Il y avait plein de choses à faire, plus qu'une femme ne pouvait en assumer, même si elle était forte comme un bœuf. Voilà pourquoi un homme manquait si cruellement à Bandita.

Une fois l'an, elle revêtait son beau costume traditionnel et souquait ferme jusqu'à l'embouchure du fjord pour aborder le bateau de croisière le *Morse* qui faisait escale à Sardloq. Là, elle récoltait l'argent de la vente des agneaux et de la laine qu'elle avait expédiés par les chalands de l'association des éleveurs de moutons. Elle profitait de l'occasion pour essayer de se dégotter un homme. Mais cela n'allait jamais comme elle voulait, bien qu'elle soit encore une femme somptueuse parfaitement capable de combler un homme.

A aucun prix elle n'aurait manqué les nombreux bals organisés en ces moments-là, et il arrivait que quelque touriste qui n'avait jamais entendu parler d'elle lui demande une valse. Mais à un moment ou un autre, invariablement l'affaire tournait au vinaigre. En général, elle prenait la mouche pour un rien, une bagatelle, et se mettait à hurler. Si la victime essayait de fuir, cela la mettait hors d'elle et elle ne pouvait pas s'empêcher de cogner. Ce tempérament, disons un peu vif, lui valait toujours de ramer seule pour rentrer chez elle.

Une fois, elle avait tabassé un jeune pêcheur facétieux qui lui avait trouvé un pou de mouton d'une taille impressionnante dans les cheveux et l'avait tenu en l'air pour le montrer à tout le monde. Geste malheureux. Evidemment qu'on a des poux de mouton quand on possède deux cents bêtes, les poux sont pour ainsi dire l'emblème de la prospérité. Toujours est-il qu'il fallut d'urgence pour le pêcheur mettre le cap sur Julianehåb où il y avait hôpital et médecin.

Le *Sans Souci* avançait en direction du Fjord des Glaces avec un demandeur en mariage et ses quatre témoins. Ils montèrent le Fjord d'Eric, passèrent au large de Sarnaq, et s'engagèrent dans le Fjord des Glaces. Au terme d'une longue journée de navigation, ils accostèrent sur la plage en bas de la maison de Bandita.

Elle les avait vus de sa fenêtre et se hâta de rallumer la cuisinière pour chauffer de l'eau pour le café.

Pour la plus grande surprise des compagnons, Bandita se révéla douce et bonne comme le soleil au printemps. Elle ne correspondait en rien aux rumeurs qui la précédaient. Son sourire était avenant. Elle les invita à entrer et leur servit café et schnaps dans des tasses. Avec le café, elle leur servit de longues lanières de viande de mouton séchée accompagnées de délicieux petits dés de phoque frits.

Kernatoq jeta un œil à la cuisine. Tout y était propre et en ordre. Il y avait là une grande cuisinière bien astiquée avec une étagère au-dessus, une table ronde et quatre chaises. Et en plus de ça, un canapé de cuisine accueillant, comme fait pour la sieste de midi de l'homme de la maison. Et sur les murs des cuivres, et au sol un seau avec du charbon étranger, deux fois plus cher que le charbon groenlandais.

Oui, un homme pouvait s'installer ici sans honte aucune. Maintenant il s'agissait simplement d'appâter la Veuve. Kernatoq la regarda longuement.

Elle n'était pas grande et plutôt du genre tout terrain, les jambes courtes et la charpente robuste, les seins pleins et ronds sous le mince anorak et à l'arrière, un peu plus bas, un volume équivalent équilibrait le tout. Kernatoq lui trouva de l'allure. La peau de son visage était fraîche, un peu hâlée par les intempéries, mais sans trop de rides, et elle avait des yeux certes farouchement déterminés, mais pas désagréables. Il jeta un coup d'œil vers les biceps, mais fut soulagé de les voir cachés sous l'anorak.

« Il se trouve, avança Kodak qui faisait souvent office de porte-parole des célibataires, que nous passions dans le coin par hasard et qu'on s'est donc dit qu'on allait passer te voir pour savoir comment ça va et voir s'il te manque quelque chose, toi qui n'as pas de compagnie tous les jours. »

Bandita sourit. Kernatoq vit que ses dents venaient de la boutique. Elles étaient entières et bien accrochées. Et blanches comme neige. Une chance, ces dents du commerce, parce qu'ainsi il n'avait pas à envisager de frais plus tard pour ces outils si fondamentaux pour la mastication.

« Vous êtes toujours les bienvenus à Kangak, répondit la Veuve. En ce moment, c'est juste la période où on aurait bien besoin de quelques solides coups de main. »

« Si nous pouvons faire quelque chose pour toi, t'as qu'à demander, murmura Moses avec un minimum de conviction. Evidemment, on n'a pas que ça à faire, mais on peut quand même faire un geste. »

« C'est le foin », dit Bandita, et les hommes hochèrent la tête. Ils avaient saisi.

Toute la journée du lendemain, ils rentrèrent du foin. Bandita avait coupé à la faux l'herbe qui maintenant traînait en gros tas secs gorgés de soleil sur les coteaux. Ils le ramassèrent en grosses bottes, le portèrent jusqu'à la maison et l'entassèrent dans la grange.

Moses, Kodak et les deux frères se fatiguèrent rapidement, peu habitués qu'ils étaient au travail physique. Mais Kernatoq, qui avait de sérieuses arrière-pensées dans cette visite et qui tenait à faire bonne impression, trima dur. Bandita le complimenta à plusieurs reprises et lui sourit de façon gentille et encourageante.

« T'as l'air de rien, toi, dit-elle, mais t'es à la fois fort et tenace. Si on avait un homme comme ça à la maison tous les jours, la vie ici à Kangak serait facile. »

Kernatoq rougit et cambra le dos contre le foin qu'il portait. Elle avait fait le premier pas, et il estima qu'il n'était peut-être pas idiot de jouer les importants.

« C'est-à-dire qu'j'ai à m'occuper de la navigation pour la colonie, dit-il. J'suis comme qui dirait une sorte de capitaine de bateau. »

« J'ai entendu parler de ton bateau. » Bandita fit exprès de gémir sous son fardeau. « Paraît que c'est un boulot assez sale que t'as là. »

« On se noircit un peu de temps à autre, admit Kernatoq, mais jamais au point qu'ça puisse pas s'arranger avec de l'eau chaude et un bout de savon. »

La Veuve comprit que c'était là un homme propre sur soi, ce qui ne manqua pas de lui plaire. Elle posa sur lui un regard attentif et prit conscience qu'au bout du compte elle aimait bien ce petit capitaine frisé.

Une fois qu'ils étaient sur la pointe à partir de laquelle on peut voir au plus profond du fjord, elle laissa tomber le foin par terre et lissa de ses mains ses énormes seins.

« Tiens, où sont passés tes copains ? » s'étonna-t-elle.

« Oh, je pense qu'ils font une pause. Ils sont assez vieux et bientôt mûrs pour la maison de retraite. Heureusement qu'j'suis encore jeune et en pleine forme. » Kernatoq lui sourit.

« On devrait peut-être se reposer un peu, nous aussi », suggéra Bandita. Elle le regarda d'un air étrange, et il sentit un frisson de chaleur bien loin au fond de son pantalon de marin. Il s'assit sur un rocher chaud et se renversa en arrière dans le foin.

La Veuve s'assit à côté de lui. Elle avait du mal à tenir ses mains tranquilles.

« Jolis cheveux que t'as là, dit-elle. J'ai jamais vu quelqu'un avec autant de boucles. » Elle tira sur une des boucles et la relâcha pour voir comme elle faisait bien ressort.

Kernatoq soupira profondément. Il était maintenant brûlant de partout et avait la gorge sèche.

« Tu peux les toucher », chuchota-t-il d'un ton rauque. Et la Veuve plongea les doigts dans ses cheveux. Elle toucha les boucles une par une, puis laissa sa main glisser sur sa nuque, sur ses épaules et enfin sous son anorak. Puis elle l'embrassa. Tout d'un coup, elle ouvrit la bouche et posa ses lèvres contre les siennes.

Kernatoq fut pris d'un effroyable vertige. Il pressa la nuque au fond du foin et sentit avec sa langue le râtelier lisse et doux de la dame. Et il ressentait un

désir impérieux, comme d'un café, quoique dans ce cas précis...

Les mains de Bandita continuèrent leur auscultation. Et brutalement quelque chose s'empara de Kernatoq. Dans un hurlement il retourna la Veuve dans le foin, et lui fit sans plus attendre ce qui ne lui était plus arrivé depuis qu'elle était Veuve.

La notion de temps disparut pour ces deux-là. Ils étaient tellement dans leur affaire qu'ils ne remarquèrent même pas Kodak et ses copains qui, d'un rocher surplombant la plage, ne perdaient pas une miette de leurs ébats dans le foin. Couchés à plat ventre, ils suivaient avec intérêt.

« Ils se bagarrent ? » demanda Kodak. De loin, il ne voyait pas très bien avec le seul œil qui lui restait.

Moses secoua la tête. « Non, mon ami, dit-il, ce sont simplement les fiançailles de Kernatoq et de la Veuve. »

Bandita avait enfin trouvé un homme pour son élevage de moutons. Et maintenant il lui fallait tout faire pour le retenir. Elle pensa à toutes les fois où son tempérament impulsif avait repoussé des hommes, et elle s'efforça donc de rester douce et affable avec ses invités. Elle se révéla tendre et affectueuse envers Kernatoq, et très patiente avec ses copains. Somme toute, elle se présentait docile comme une vache le jour, et passionnée comme un lapin la nuit.

Kernatoq inspecta la ferme. Il dénombra deux cents moutons dispersés sur les immenses pacages, inspecta le petit champ d'orge derrière la maison, marcha dans les prés et hocha la tête avec satisfaction à la vue du potager. Quand il eut tout passé en revue, il lui fut clair que son avenir et celui de ses compagnons s'était éclairci.

Aux témoins assemblés il fut déclaré que Kernatoq et la Veuve étaient désormais à considérer comme fiancés, et il fut décidé de fêter le mariage à Sardloq dès le mois de septembre, à condition toutefois que cela convienne au curé.

Après une semaine passée dans le Fjord des Glaces, les célibataires repartirent chez eux. Kernatoq était d'excellente humeur, toujours étourdi par une ivresse qu'il n'avait jamais connue auparavant. Ses copains, eux, étaient plutôt silencieux et passablement inquiets.

Chapitre 4

... où rien n'est plus comme avant.
Mais Moses n'a pas dit son dernier mot.

Suite à ce voyage dans le Fjord des Glaces, l'ambiance dans la maison des célibataires changea. Elle se dégrada. Les hommes se côtoyaient, un peu trop polis, un peu trop serviables les uns envers les autres. Un peu comme s'ils avaient un malade à la maison. Et de fait, les hommes considéraient les fiançailles de Kernatoq comme une maladie grave. Pour la première fois depuis qu'il était devenu adulte, ils furent inquiets pour lui. Tout d'un coup, ils comprirent à quel point ils tenaient à lui. Il n'était plus simplement celui qui ramenait une paye chaque fin de mois, mais un vrai compagnon dont on ne se séparerait pas de gaîté de cœur.

Kernatoq continua à naviguer avec son charbon, noir comme du goudron chaque fois qu'il rentrait. Mais maintenant les vieux garçons l'attendaient avec de l'eau chaude et du savon, et après le bain il avait droit à un solide repas arrosé de bière et eau-de-vie, et à peine de très timides reproches chaque fois qu'il faisait des taches en mettant partout ses doigts sales.

Abraham et Joseph avaient récuré sa chambre. Ils

l'avaient rendue aussi propre que possible, et la petite amie de Kodak gardait ses vêtements à peu près propres de toute poussière de charbon.

Ce fut une vie nouvelle pour Kernatoq, lui qui était toujours passé un peu inaperçu dans la maison des célibataires, une vie bonne et agréable qui lui faisait apprécier encore davantage le foyer de Sardloq.

Il maintenait cependant ses fiançailles, parlant beaucoup de la maison de Kangak, et un peu moins de la Veuve et de leur relation passionnée. Il allait prendre en main cette ferme. L'agrandir. Se procurer des poules et des lapins et aussi dans les plus brefs délais une vache. Il savait bien sûr qu'une vache mangeait comme vingt-cinq moutons, mais une fois qu'ils auraient une vache, ce serait une ferme digne de ce nom.

Oui, il y aurait de quoi faire pour un homme énergique. Et quand on a plein de choses à faire, on reste jeune et on vit longtemps. En plus, il allait préparer des chambres pour ses amis de manière à ce qu'ils puissent vivre chez lui et Bandita, une fois qu'ils seraient mûrs pour la maison de retraite. Et le fait qu'il avait dû accepter la Veuve par-dessus le marché ne le dérangeait pas trop, finalement. Elle avait certains aspects positifs, prétendit-il, et il eut un rire qui ne laissa aucune ambiguïté chez les autres en ce qui concernait ces aspects-là.

Le petit charbonnier se transforma pendant cette période. Il embarquait maintenant sur son bateau avec des vêtements propres. Deux fois par semaine il se lavait *in extenso*, et il avait poussé le luxe jusqu'à s'acheter une étrille pour ses boucles. Kernatoq était devenu vaniteux. Il avait quelque chose de nouveau dans le regard, et les filles du hameau se mirent rapidement à lui lancer des œillades.

Les compagnons considéraient tout ça avec un étonnement silencieux. C'est toujours fascinant et un peu désolant de voir ce qui arrive à un homme une fois qu'une femme lui a mis le grappin dessus. Dans ce cas, c'est comme s'il ôtait, sans honte, sa vieille existence comme une chemise sale et en revêtait une nouvelle sans même vérifier si elle lui allait.

Ils frissonnaient à l'idée que le fiston allait partir vivre avec la Veuve à Kangak. Moses mit sa main au feu que ce serait sa fin. Bandita n'avait-elle pas poussé son précédent mari dans la mort ? N'avait-il pas succombé après quelques années seulement de service ?

« Il ne nous reste plus qu'à espérer la meilleure issue possible, laissa tomber Kodak. Faut pas oublier qu'il le fait pour nos vieux jours. »

« Il est aux abois, dit Abraham. Et à mon avis, il n'arrivera jamais lui-même à l'âge de la retraite. »

Moses se leva et marcha longuement de long en large. Puis il déclara : « Il faut qu'on le sauve. Il faut qu'on fasse quelque chose qui assure à la fois sa vieillesse à lui et la nôtre. Et tout d'abord, il faut qu'on empêche ce mariage. »

« Comment ? » demandèrent les autres de concert.

« Oui, comment ? Bonne question. Laissez-moi réfléchir, et puis ça viendra bien tout seul. »

Moses réfléchit, et quelques jours plus tard, alors qu'ils prenaient un bain de soleil devant la maison, il dit :

« Nous allons restaurer la maison des célibataires ! »

Les copains le regardèrent, effarés, mais il leur intima le silence.

« Nous allons faire quelque chose qui fera que les gens de Sardloq se souviendront de nous avec fierté et affection, quelque chose qui sera d'utilité publique et qui sauvera Kernatoq de ce qui est pire que la mort. Voilà pourquoi nous allons refaire la maison. Quand la restauration sera finie, nous l'offrirons à la colonie. »

« Mais alors, où est-ce qu'on ira habiter, nous ? » Joseph le regardait, atterré.

« Toujours ici, andouille. » Moses ouvrit une bouteille de bière. « Nous resterons ici jusqu'à la fin de nos jours, bien sûr. Quand nous serons vieux, nous n'aurons qu'à nous installer dans la Maison de Retraite de Sardloq. »

« Mais y'en a pas, protesta Joseph. On nous enverra à Sarnaq ou Julianehåb, comme tous les autres vieux. »

Moses rit. « La maison des célibataires, mes amis ! Quand nous aurons fini la restauration, nous l'offrirons à la colonie comme maison de retraite. Qu'est-ce que vous en dites ? »

Il lui fallut un peu de temps pour faire pénétrer sa proposition. Mais au bout de quelques minutes de réflexion, de larges sourires envahirent les visages des hommes.

« Tu l'as fichtrement bien calculé ce coup-là, Moses. » Abraham éclata de rire. « Mais qu'est-ce que tu penses que l'administrateur va dire ? La maison doit déjà lui appartenir. »

« A qui la maison appartient, ça, ça peut toujours se discuter, répondit Moses en aspirant les dernières gouttes de la bouteille. D'ailleurs, je crois qu'il nous dira mille fois merci parce que c'est pas tous les jours qu'on reçoit une maison de retraite en cadeau. » Il reposa la bouteille. « Et maintenant on va voir le régisseur et discuter un peu de ça avec lui. Sans son aide, on y arrivera jamais. » Il hocha la tête vers Kodak.

« Emmène le grand jerrican d'imiaq, celui qui a fermenté le plus longtemps. Le régisseur adore la bière groenlandaise, surtout quand elle est bien fermentée. »

Chapitre 5

… où l'on voit qu'il n'y a rien de plus énergique qu'un paresseux

C'est seulement au bout de longues et difficiles négociations et l'assèchement du jerrican plein d'imiaq qu'on parvint à un accord avec le régisseur.

Les matériaux de construction furent achetés à crédit directement sur le stock de l'entrepôt. Les mensualités seraient déduites du salaire que Kernatoq recevait de la colonie. Sans toutefois que Kernatoq le sache.

Le régisseur trouvait excellent ce projet de maison de retraite. Plus il buvait d'imiaq, meilleur d'ailleurs il trouvait le projet. Une fois l'affaire conclue, on fit une petite fête dans les appartements du régisseur, une fête qui dura jusqu'au moment où sa femme pria les invités de vider les lieux en les menaçant d'un fusil à double canon.

L'administrateur du comptoir resta longtemps dans son lit à écouter le bruit qui venait de chez le régisseur. Et sa femme, qui était une personne acariâtre, lui ordonna d'adresser un coup de semonce au régisseur dès le lendemain matin.

Puis suivit une période de dur labeur. Kernatoq continua comme toujours à naviguer jusqu'aux hameaux avec son charbon, et il ne saisit pas au juste pourquoi il fallait à tout prix restaurer la maison. Mais il s'abstint de poser la moindre question. C'était comme s'il n'appartenait plus vraiment au clan des célibataires depuis qu'il était parti dans ses projets de mariage.

Mais tout le petit bourg s'étonnait. Car on avait toujours connu le siège de la mission dans cet état de délabrement et d'aucuns se demandaient même si sa construction avait jamais été complètement achevée.

Plus personne ne se souvenait non plus qui était le véritable propriétaire de la maison. Beaucoup avaient plutôt tendance à penser que c'étaient les célibataires, vu qu'ils vivaient là depuis des lustres et qu'ils avaient maintenant entrepris une rénovation importante de ladite bicoque.

L'administrateur du comptoir s'étonna encore plus que les autres. Il prit pour habitude de faire un détour par la maison de la mission pendant ses promenades vespérales, et il soulevait poliment son chapeau pour saluer ces énergiques célibataires. De temps en temps il laissait tomber une réflexion sur le temps ou la pêche, mais il ne souffla jamais un mot au sujet de la remise en état. En réalité, il ne savait pas comment se comporter à ce sujet.

Le curé passa également. C'était un petit homme affairé, enclin à se mêler de tout.

En son for intérieur, il craignait la concurrence. Peut-être les célibataires étaient-ils frappés par le démon de la religion et avaient-ils rejoint une quelconque dangereuse secte. Et peut-être était-ce pour ça qu'ils refaisaient la maison de la mission.

Il leur posa la question directement, mais n'obtint pas de réponse. Ce qui renforça ses angoisses ; il alla jusqu'à télégraphier au doyen à Godthåb, mais n'eut pas vraiment de réponse de ce côté-là non plus, car la liberté de culte des Danois s'étendait jusqu'au Groenland. Il ne fallait en aucun cas qu'il fasse quoi que ce soit qui puisse heurter ces nouveaux missionnaires.

Même le télégraphiste en chef de Sardloq quittait quotidiennement sa station située au-dessus de la ville. C'était un homme assoiffé qui ne manquait jamais une occasion de faire la fête. Et il savait par expérience que là où l'on construisait, on pendait aussi un jour la crémaillère.

La maison des célibataires subit des modifications d'importance. Le toit fut redressé, à en devenir presque plan, et couvert de nouvelles planches protégées par du carton bitumé de couleur verte. Au bout d'une semaine, la maison était totalement étanche et ne prenait plus ni pluie ni neige. Dans les fenêtres, les carreaux de verre manquants furent remplacés, et le bardage extérieur fut repeint avec du minium rouge de l'entrepôt.

A l'intérieur aussi, on requinqua la maison. La grande salle fut conservée, les petites chambres furent isolées et tous les poêles réparés. Kernatoq garda sa chambre dans le pignon, et on y installa simplement à demeure le grand baquet de manière à ce qu'il ait sa propre salle de bain.

Le régisseur fit crédit, déduisant une somme raisonnable – pour lui – du salaire de Kernatoq, ce que ce dernier ne remarqua pas le moins du monde. Il avait pour habitude de donner l'intégralité de sa paie à Kodak qui était en charge de tous les achats domestiques.

Le télégraphiste, qui se réjouissait à l'idée de pendre la crémaillère, fermait maintenant sa station un jour sur deux pour donner un coup de main à la restauration. Il promit même que le jour de l'inauguration, il leur prêterait le pavillon à deux pointes aux harpons croisés qui flottait sur la station de télégraphie. On se mit donc en devoir de coucher le mât de drapeau et de le repeindre en blanc.

Les copains mirent presque trois semaines à venir à bout des rénovations. Mais alors, la maison des célibataires était pour ainsi dire neuve.

On était alors à la mi-septembre, et la date du mariage de Kernatoq s'approchait à une vitesse ahurissante. On avait pris rendez-vous chez le curé, le 28 du même mois. Un samedi.

Quelques jours avant le mariage, Moses déboula chez l'administrateur du comptoir. Il ôta sa casquette et pénétra dans le bureau. Quand il eut salué et serré la main de l'administrateur et celle de son assistant, il posa une lettre sur la table, leur serra à nouveau la main, un rien solennel, et ressortit.

L'administrateur le regarda partir. « Bizarre, ce type, murmura-t-il. Je me demande quel coup fourré ils nous ont préparé. »

L'assistant leva les yeux de ses livres. « Ça doit être en rapport avec la maison, je suppose. »

L'administrateur hocha la tête et ouvrit la lettre. « Bordel de merde, s'exclama-t-il. Mais ils peuvent pas, nom de Dieu ! Ils veulent faire donation de la maison de la mission. Mais, parbleu, on peut pas offrir quelque chose dont on n'est pas propriétaire. »

« Mais les missionnaires sont partis il y a belle lurette, fit remarquer l'assistant. A qui avaient-ils abandonné la maison ? »

« Ça, j'aimerais bien le savoir. » L'administrateur

du comptoir frappa du poing sur la lettre. L'assistant ajouta :

« On peut supposer que la maison n'a jamais officiellement été léguée à qui que ce soit. Et dans cette hypothèse, elle appartient à celui qui se l'approprie. »

« Balivernes tout ça ! Si elle appartient à quelqu'un, ce doit être à l'Etat. Et l'Etat, c'est moi. Cette maison est à moi », grogna l'administrateur.

L'assistant, qui se plaisait à contredire, oscilla du chef.

« Je crois qu'avec les maisons c'est comme avec les bateaux abandonnés, dit-il ; celui qui aborde un bateau abandonné récupère les droits sur le bateau. Et ça fait un bail que les célibataires ont abordé la maison de la mission ! »

« Galimatias, tout ça. La maison appartient à l'Etat. Et d'ailleurs j'ai depuis un certain temps l'intention de la brûler. Le problème, c'est ces cinq voyous, et ce que j'en ferai après. Et puis, nous risquons de faire cramer tout le village par la même occasion », dit l'administrateur. Il jeta la lettre à son assistant. « Bah ! Hansen, on trouvera bien une solution. Remercie-les pour leur invitation et dis-leur que nous serons là. Je résoudrai ce problème au moment de la cérémonie de donation. »

Hansen tourna le dos à son administrateur et sourit. Il connaissait très bien les célibataires et savait qu'ils trouveraient eux-mêmes la solution au problème de l'administrateur du comptoir.

Chapitre 6

... où l'on pend dans les règles la crémaillère, et du voyage qui s'ensuit pour certains

En plus du schnaps de la boutique, on acheta de l'eau-de-vie islandaise nommée Mort Noire auprès de deux chalutiers des Iles Féroé à l'escale dans le port. La veille du mariage, les compères s'habillèrent de leurs anoraks blancs, de pantalons de marin, bleu marine évidemment, dûment pliés au fer, et de chaussures du stock du régisseur. Tous étaient propres, peignés à l'eau et presque à jeun au moment d'accueillir leurs invités.

On consomma d'abord une boisson de bienvenue, concoctée par les jumeaux, un cocktail âcre et fort qui n'était pas complètement rectifié. Le mélange embua les lunettes de l'administrateur du comptoir, et le curé en eut une quinte de toux qui lui fit gonfler le cou dans son col blanc.

Puis on s'installa à une longue table de buffet, faite de grandes planches posées sur des tréteaux et couverte de papier kraft prélevé sur le stock du régisseur.

Moses se leva et porta un toast de bienvenue.

« Hôtes et amis honorés. C'est avec grand plaisir et beaucoup d'impatience que je vous reçois dans la maison des célibataires aujourd'hui. Bienvenue à tous. Ce jour est un jour de fête qui bientôt comptera dans l'histoire de Sardloq. Et non seulement un jour de fête, mais aussi un jour comme qui dirait mémorable et solennel vu que ce n'est pas tous les jours qu'on offre sa propre maison. » Il se racla la gorge pour dominer son émotion, puis continua.

« Nous, les célibataires, nous nous souviendrons de ce jour toute notre vie. Et je sais qu'on se souviendra de nous aussi longtemps que cette maison restera sur la colline des célibataires. »

« Reçu 5 sur 5 ! » cria le régisseur. Il était assis en bout de table, oscillant déjà dangereusement. Le régisseur avait participé aux préparatifs des festivités et avait déjà plongé avec ferveur dans le tonneau d'imiaq. Ensuite il avait bu trois fois du mélange de bienvenue des jumeaux et, partant, était déjà de fort bonne humeur. « 5 sur 5 ! » répéta-t-il vivement. « Trinquons ! »

L'administrateur regarda son régisseur, furieux. Mais Moses leva le verre et salua l'assemblée. Les verres furent vidés et Moses continua :

« L'occasion de cette fête est, comme vous l'avez tous vu, qu'on a trimé comme des bêtes pour rénover la maison des célibataires. » Il reposa son verre et demanda à Kodak de remplir partout où cela se révélait nécessaire.

« Parce que nous avons eu une idée. Et elle est à l'origine de ce jour de fête extraordinaire. Une idée sublime, je dois le dire, qui aura désormais une grande importance pour Sardloq. »

Il contempla l'assemblée et constata avec satisfaction que la curiosité brillait dans les yeux de tout un chacun. Même l'administrateur du comptoir se penchait en arrière sur sa chaise et écoutait les yeux mi-clos, un peu étourdi qu'il était par les deux toasts précédents.

« Tchin-tchin ! » cria à nouveau le régisseur. « C'est une excellente idée, Moses, trinquons ! »

L'assemblée ne rata pas cette nouvelle occasion de trinquer et on vida les verres avant que Moses prenne à nouveau la parole.

« Maintenant que nous sommes tous rassemblés et que l'ambiance se réchauffe, je vais laisser exploser la bombe. » Il inspira profondément et dit en appuyant sur chaque mot :

« Nous léguons la maison des célibataires nouvellement rénovée à la ville de Sardloq. De nos propres mains, et avec beaucoup de persévérance, nous l'avons transformée en une douillette maison de retraite que nous avons baptisée à l'image de notre bateau le *Sans Souci*. Il y a de la place pour sept vieillards qui auront chacun sa propre chambre, ainsi qu'une salle de séjour et une cuisine en commun. »

Il fit une pause pour respirer, ce dont le régisseur profita immédiatement.

« Tchin-tchin, hurla-t-il. Voilà une bonne action exceptionnelle. Trinquons aux généreux donateurs ! »

Ils burent à nouveau. Cette fois-ci le régisseur essaya de garder la Mort Noire dans sa bouche pour la recracher dans son mouchoir après, mais l'eau-de-vie islandaise descendit de travers. Il y serait probablement resté si Abraham et l'assistant Hansen ne l'avaient pas frappé à tout va dans le dos. Quand l'ordre et le calme furent enfin rétablis, Moses dit :

« La maison des célibataires sera désormais une maison de retraite au plus grand bonheur des vieux de Sardloq. » Il leva la voix et la fit vibrer d'émotion. « Puis-je ainsi, et de la part de mes amis et de moi-même, léguer cette merveilleuse demeure à l'Etat, ici représenté par monsieur l'administrateur du comptoir. »

L'administrateur était écarlate vu ses efforts pour juguler une toux récurrente. Le boisson de bienvenue et les quatre grands schnaps l'avaient mis mal en point, et c'est les mains tremblantes qu'il reçut le document du legs de Moses. Il ajusta ses lunettes et essaya de lire ce qui était écrit, mais les lignes se mélangeaient, et les petites lettres noires se tordaient et se fondaient en un long trait sombre et laineux.

« T'as qu'à signer et la maison appartient au

hameau de Sardloq », expliqua Moses gentiment. Il se pencha en avant et pointa son doigt sur la ligne pointillée.

L'administrateur balbutia quelque chose qui concernait les témoins et il loucha sur le côté dans l'espoir de trouver le curé. Mais le curé dormait. Assis sur sa chaise, la nuque contre le dos, il avait la bouche grande ouverte en direction du plafond. L'eau-de-vie de Moses avait frappé fort.

Quand on réussit enfin à le ranimer, il eut un regard las pour son entourage, puis se mit à chanter la lumière et la splendeur du Seigneur reposant sur ce bas monde. Seuls cependant les plus proches comprirent ses nasillements. Pour le ranimer pleinement, Joseph lui glissa un nouveau verre entre les mains. Et docile comme un enfant, il but le liquide brûlant. Cela l'égailla un bref moment et il se mit avec une voix forte à chanter « Notre Dieu est une inexpugnable forteresse ». C'était très beau, même si ce n'était pas complètement adapté à la situation. Il s'en fut pourtant pour l'accompagner et le vieux psaume résonna bientôt sous la toiture rénovée.

Après cet intermède musical, Moses se tourna à nouveau vers l'administrateur.

« Tu vois les pointillés, là ? Les petits points. » Il se pencha vers l'administrateur et montra du doigt. « C'est là que tu dois inscrire ton nom. »

Avant que la main de l'administrateur ne touche le papier, le régisseur appelait à nouveau à trinquer. Et étroitement surveillé par Abraham et Hansen, l'administrateur fut contraint de trinquer encore une fois à la bénédiction de la maison de retraite. Il eut quelques renvois, puis s'agrippa fortement et virilement au stylo et laissa, d'un air décidé, Moses diriger sa main vers la ligne pointillée. Et il apposa son gribouillis illisible sur le document historique.

Moses applaudit avec enthousiasme et l'assemblée se joignit à lui. Le régisseur en profita pour trinquer en l'honneur de l'administrateur, « Père de la communauté de Sardloq », c'est ainsi qu'il le nomma, et l'administrateur chercha son verre à tâtons, presque avec zèle cette fois-ci.

Kernatoq était à l'autre bout de la table. Très silencieux pendant les discours d'ouverture, il avait du mal à se laisser emporter par l'ambiance chaleureuse. Lentement il comprit que la maison des célibataires était devenue une maison de retraite et que cela pouvait avoir quelque incidence sur son propre avenir. Il regarda la jolie salle de séjour autour de lui, ce lieu qu'il allait bientôt quitter pour rejoindre la Veuve dans le Fjord des Glaces. Cette idée l'inquiétait et le déprimait.

L'administrateur du comptoir fut contraint de renoncer au verre suivant. Il s'affala subitement sur sa chaise, perdu pour l'entourage. Moses regretta le malaise de son invité et demanda à Abraham et Joseph de le ramener chez lui.

Le curé, qui était encore conscient, voulait suivre. Il se leva et descendit les escaliers en titubant. Mais à cinquante mètres de la maison de retraite il s'écroula, comme frappé par une massue. Quelques invités de bonne volonté le relevèrent et rejoignirent les deux frères qui portaient l'administrateur. Ce fut une fête magnifique, et qui continua jusqu'au lendemain matin. On sortit l'harmonium de l'église, le porta dans la salle des fêtes et organisa un bal populaire. Tout ce qui pouvait encore marcher ou ramper à Sardloq s'y rendit et bientôt on entendait le martèlement rythmé des pieds, les hurlements et les échos du scottish et d'autres danses folkloriques.

Kernatoq se défit de ses pensées moroses et participa à la fête sans aucune retenue. Lui qui, jusqu'alors, avait eu du mal à approcher le beau sexe, devint comme frénétique. Il enterrait sa vie de garçon en tournoyant avec les filles, leur arrachant gloussements et piaillements. Il sentait la chaleur de leurs corps chauds, se faisait bercer par la douceur de leurs voix ; il en oublia complètement sa fiancée à Kangak.

« Ça, c'est les dernières convulsions avant la

consommation du sacrifice, murmura Moses. Demain il est cloué. »

« Sacrée vitalité, ce garçon, cria Kodak. T'as vu comme ses yeux brillent ? »

« Les filles le voient maintenant, répondit Moses. Il est d'ailleurs pas mal, une fois lavé. » Moses attrapa la bouteille islandaise. « Peut-être devrais-je moi-même tenter un séjour dans la bassine », ajouta-t-il en rigolant.

Kernatoq eut tout à coup envie de montrer à une dame la nouvelle chambre que ses copains avaient aménagée pour lui ; de son côté, elle était tout à fait partante. Solidement enlacés, ils quittèrent la salle, la main de la fille farfouillant avec zèle dans les boucles de Kernatoq.

Dans la nuit claire, le bateau de croisière le *Morse* s'essoufflait tranquillement le long de la côte, en direction de Sardloq. Dans la cabine étroite, Bandita attendait avec impatience et en habits de fête, les retrouvailles avec son fiancé. Elle pensait à tout ce qu'il allait faire dès qu'ils seraient de retour à Kangak, et ses dents blanches brillaient en un sourire béat.

Chapitre 7

… où l'on assiste au retour en force de Bandita

Kernatoq ne pensait plus du tout à Bandita. Une fois qu'il eut montré sa chambre à la fille, il fut occupé par tout autre chose que des pensées. Il s'était endormi sur sa couchette avec, contre lui, une Gertrud haletante, ses bras autour de son cou.

C'est ainsi que Bandita trouva son fiancé. Elle poussa un hurlement furieux et se rua jusqu'à la couchette. D'un geste elle balança la fille endormie par la fenêtre ouverte, puis s'attaqua à Kernatoq.

Tout d'abord elle le tança vertement, ce qui fit monter une rage monstrueuse en elle. Puis elle passa à une phase plus musclée des remontrances, comme elle en avait l'habitude dès qu'elle était énervée. Kernatoq, encore embrouillé par la Mort Noire et trop d'amour, n'avait pas la moindre chance. Les coups s'abattaient à tout va ; il comprit vite que la réputation des biceps de la Veuve n'avait rien de surfait. Ses yeux gonflèrent et prirent tout plein de belles couleurs. Deux de ses incisives y restèrent et sa lèvre supérieure se fendit dans un flot de sang.

C'est seulement quand la rage de Bandita commença à s'estomper qu'elle agrippa le petit homme tout mou et entreprit de l'habiller. Qu'il soit fidèle ou pas, elle avait besoin de ce traître et voulait le ramener avec elle jusqu'à la ferme. Là, elle pourrait toujours mener à bien son éducation.

Au bout d'une demi-heure, Kernatoq était à peu près présentable. Capable de rester debout et de marcher sans aide. Bandita le traîna résolument vers le presbytère. C'était tôt le matin, et la femme du curé ne se manifesta qu'au bout d'un long moment. Elle regarda le blessé avec curiosité et demanda s'il lui était arrivé un accident.

« Non, répondit une Bandita laconique. Mais on se marie aujourd'hui, et on verrait d'un bon œil l'affaire expédiée sur-le-champ. »

« Je ne sais pas où est mon mari, répondit-elle. Il est parti hier pour une réunion à la maison des célibataires et il n'est toujours pas rentré. Peut-être veille-t-il un mourant ? »

« Pas de problème, on attend. » Bandita installa son fiancé sur les escaliers où il s'endormit instantanément.

Mais le curé n'arrivait pas. Alors, au bout de quelques heures d'attente, Bandita décida d'aller chercher l'administrateur du comptoir. Si le curé était dans l'incapacité de donner la bénédiction nuptiale, l'administrateur en avait l'autorité.

Mais là aussi elle apprit que ce dernier avait disparu. Personne ne l'avait vu depuis son départ de la réunion à la maison des célibataires.

Kernatoq était en train de retrouver ses esprits. Il commençait à pouvoir distinguer des choses à travers ses yeux boursouflés et à échafauder un plan de fuite. Mais Bandita lui tenait le bras. Ses doigts emprisonnaient son poignet comme des griffes d'acier.

Une heure avant le départ du *Morse*, elle commença à se faire à l'idée qu'il n'y aurait probablement pas de mariage cette fois-ci non plus. Elle prit la chose avec aplomb. Le plus important restait malgré tout d'arriver à ramener le bonhomme chez elle. Plus tard ils pourraient toujours demander au curé de venir chez eux régulariser, ce qu'il ferait avec plaisir si elle l'amadouait avec quelques coustous de moutons. Elle regarda Kernatoq. Qui marchait docilement à ses côtés et avait apparemment renoncé à toute résistance.

Mais Kernatoq était aux aguets. Quand ils se mirent en route vers le port, il comprit vers quel effroyable destin il se dirigeait. Il demanda une cigarette à la Veuve et tandis qu'elle sortait le paquet de son sac, il détala.

Il courut. Deux fois autour de l'entrepôt, en faisant du slalom entre les tonneaux de suif, puis il longea la maison du curé, renversant au passage trois gamins qui jouaient à la marelle.

Puis il dépassa la boutique, contourna la maison de l'administrateur et prit la direction de la maison des célibataires.

Bandita était à ses trousses. Mais elle ne connaissait pas aussi bien les raccourcis et, de plus, était gênée par son lourd costume du terroir. C'est pourquoi Kernatoq arriva en premier à la maison des célibataires où il sauta dans son baquet et remit le couvercle.

Moses, qui dormait dans le salon, se réveilla au bruit de pas précipités. Il comprit ce qui se passait et réveilla ses copains. Kodak entendit la respiration haletante de Kernatoq dans le tonneau et trouva en vitesse quelques clous avec lesquels fixer le couvercle.

A son retour dans le salon, il rit : « M'est avis qu'y en a un qui veut plus s'marier. »

« On a le droit de changer d'avis », dit Moses. Il regarda par la fenêtre. « Tiens voilà la Veuve en plein galop. »

Bandita déboula comme un coup de lame. Elle regarda les quatre célibataires avec aigreur et se mit à chercher dans toutes les pièces. Moses la suivait de près.

« Tu cherches quelque chose, petite Bandita, dit-il, avenant. Qu'est-ce que t'as égaré ? »

Elle regarda sous les lits, dans les placards et fit également un tour dans le grenier. Puis on entendit le *Morse* donner un premier coup de corne.

« Ce petit gnome, siffla-t-elle. Il ne perd rien pour attendre. » Elle bouscula Moses et sortit pour chercher aux alentours de la maison.

Le bateau poussa un deuxième coup de corne : elle savait qu'il partait cinq minutes après. Elle se tourna vers les célibataires et grogna :

« Dites à cette crapule que je romps les fiançailles. »

« Mais tu peux pas faire ça comme ça, sans façon, protesta Moses. Le garçon se réjouissait tellement à l'idée d'avoir une femme, et une belle femme pleine de vitalité comme toi, ça se trouve pas sous les pieds d'un cheval. »

Bandita le regarda, mauvaise, et fit un mouvement de tête. Puis elle prit avec dignité le chemin qui menait au port.

C'est seulement une fois que le *Morse* eut appareillé qu'ils sortirent Kernatoq du tonneau. Ils s'assirent sur les escaliers pour panser les festivités de la nuit avec un fût de bière. Kernatoq gémissait et ses copains le regardaient avec compassion.

« T'as mal, petit ? » demanda Moses.

« C'est moins les coups qu'elle m'a donnés, expliqua Kernatoq, que l'idée de ce qui me serait arrivé si le curé avait été chez lui. »

« Pas vrai, le curé n'était pas chez lui ? » Abraham le regarda avec un sourire en coin.

« Non, et l'administrateur non plus. Disparus tous les deux. »

« Bizarre. » Moses secoua la tête, comme inquiet. « Si on ne connaissait pas la valeur morale de ces deux messieurs, on serait porter à croire qu'ils se sont trouvé chacun une belle fille au cours de la fête. Mais de toute évidence, c'est à exclure. Je suppose que vous les avez bien raccompagnés jusqu'à chez eux ? »

« C't-à-dire, tout à fait jusqu'à chez eux, p't-être pas, répondit Joseph. Peut-être qu'on aura mal compris ce qu'ils disaient vu qu'ils n'articulaient pas très bien. J'crois que la Mort Noire ne leur avait pas complètement réussi. »

Abraham vint à sa rescousse. « On avait l'administrateur entre nous, ça oui, et petit à petit il s'est mis gentiment à marcher presque tout seul. C'était comme si ses pas le menaient droit vers le port, tu comprends ? Et on peut quand même pas aller contre la paire de guiboles d'un administrateur de comptoir, n'est-ce pas ? »

« Et le curé ? » demanda Kernatoq.

« Bon, le curé, il nous a suivis, soutenu par quelques fidèles dévoués, et il palabrait sur Dieu et une lumière divine qu'il voyait, mais que nous autres on arrivait pas vraiment à distinguer. »

« Jusqu'où vous les avez accompagnés ? »

« C'étaient leurs jambes qui décidaient de la direction. Et ils voulaient absolument aller au port et monter à bord du *Morse* qui partait en croisière sur la côte pour la semaine. Tiens, d'ailleurs, on a rencontré Bandita juste avant le départ du bateau, même qu'elle avait pas l'air commode. Elle paraissait fâchée, et semblait pas vouloir nous parler. On a quand même réussi à installer le curé et l'administrateur chacun dans sa couchette, et ils dormaient profondément avant même qu'on soit redescendus à quai. »

Moses hocha la tête. « C'est bien, vous avez agi avec humanité, dit-il doucement. On peut pas se permettre de ramener des hommes dans cet état à leurs femmes. Quand ils reviendront, ils nous en seront sûrement très reconnaissants. Et puis, cela nous apprend quelque chose à nous autres Groenlandais. »

« Quoi ? » demanda Kernatoq, soudain curieux.

« Que les fonctionnaires danois sont d'une incomparable rigueur morale. Qui d'entre nous partirait en voyage de fonction si peu de temps après une grande fête ? »

Kernatoq leva la tête et regarda avec gratitude ses amis au travers de ses yeux violacés.

« Merci beaucoup, dit-il. Je suis heureux de pouvoir rester avec vous dans la maison des célibataires. »

« La maison de retraite, corrigea Moses. Et comme

t'es encore plein de sève, t'auras ta propre entrée et ta salle de bain privée, comme ça tu ne dérangeras personne quand t'auras des visites féminines. »

Kernatoq rougit. Ses pensées se mirent à tourner autour de la si gracieuse petite Gertrud que Bandita avait jetée par la fenêtre.

Chapitre 8

... où la vie reprend son cours

Au bout d'une semaine, le *Morse,* après avoir fait demi-tour à Nanortalik, revint à Sardloq. A bord il y avait le curé et l'administrateur du comptoir. Une fois la première fureur calmée, tous deux avaient bien récupéré de la fête.

La femme du curé vint le chercher au bateau. Elle arborait un air pincé et avait la tête près du bonnet ; elle le ramena vite fait bien fait à la maison pour les explications. C'était comme si la lumière divine qui avait brillé sur lui à son départ était maintenant voilée par de lourds nuages.

L'administrateur du comptoir fut accueilli par son assistant Hansen, et ensemble ils firent route vers le bureau.

« Bon voyage ? » demanda Hansen.

« Hum. Pas mal, merci. Apilatoq a besoin d'un certain nombre de provisions que nous expédierons par le prochain bateau. J'ai fait une liste que vous pourrez parcourir. »

Hansen prit la liste et s'installa à son bureau.

« Et comment ça va ici, à Sardloq ? » demanda l'administrateur.

« Parfait. Tout a été très calme pendant votre... euh... mission. Les gens ont pour ainsi dire été anesthésiés depuis la fête dans la maison des célibataires. » Il fouilla dans ses papiers et trouva un document. « Au fait, où voulez-vous archiver ceci ? » demanda-t-il.

L'administrateur rougit de dépit à la lecture du document.

Au regard dudit document, la maison avait été léguée à Sardloq avec dettes, intérêts et autres frais. Sardloq se déclarait d'accord sur le fait que les donateurs pouvaient occuper la maison jusqu'à leur retraite et qu'à partir de ce moment-là, ils continueraient à occuper chacun sa chambre dans le foyer.

Sardloq acceptait ensuite de s'occuper désormais de l'entretien des bâtiments, et était de plus responsable de l'eau et du ramassage des ordures. La ville de Sardloq s'engageait également à dresser une plaque de commémoration avec les noms des généreux donateurs et la mention de leur acte sublimement désintéressé pour la ville.

L'administrateur frissonna. Il regarda son écriture illisible avec dégoût et rendit le document à Hansen.

« Mettez-le où vous voulez. Mais arrangez-vous pour que je ne le revoie jamais », soupira-t-il. Puis il se leva et marcha de long en large devant son bureau. Il s'arrêta devant la fenêtre et regarda dehors.

Sur la colline flottait le pavillon danois à deux pointes aux harpons croisés. Dans la bruyère derrière la maison se reposaient les célibataires. Entre des orpins brûlants et des campanules bleues groenlandaises, des comarets rouge foncé et quelques « fleurs de satyre », fleurant délicieusement la vanille, ils somnolaient en attendant que passe la chaleur de midi.

Jørn Riel, par lui-même

Je suis né à Odense, au Danemark, en 1931, d'une mère issue de famille paysanne implantée au Danemark depuis six cents ans et d'un père au sang très mêlé de français. La famille de mon père est en effet originaire de Normandie, d'où sa qualité d'Huguenote l'a chassée pour trouver refuge pour partie en Scandinavie, pour partie au Canada. Un de mes ancêtres canadiens n'est autre que Louis Riel que tout Canadien français connaît probablement, c'est leur Mandrin à eux.

J'ai vécu une enfance gavée d'imagination avec des conteurs d'aventures de chaque côté. Je me suis avidement nourri de récits fabuleux jusqu'à l'âge de quinze ans, juste après la guerre, où je suis parti pour Paris, objectif prioritaire de mes pérégrinations à l'étranger. J'y ai été logé par un résistant franco-danois manchot, Monsieur Emile, dans un bordel de la rue Vivienne ; je soupais dans une cave où le couvert était enchaîné à la table pour que personne ne l'embarque.

J'ai quitté une trajectoire académique (j'aurais dû être vétérinaire, selon mon père) parce que je voulais partir en expédition en Arctique. Après avoir étudié la navigation, la télégraphie et l'eskimologie, j'ai réussi à embarquer avec l'expédition du docteur Lauge Koch en 1951 après mes examens. Pendant trois ans, j'ai vécu avec des Inuit dans le centre du nord-est du Groenland, et suis resté en Arctique pendant seize ans, en partie en expédition, en partie pour d'autres tâches. Entre autres, il m'est arrivé de rester seul pendant presque un an avec cinq chiens sur le sommet d'une montagne, le Qaqatoqaq près de l'inlandsis, sur la côte ouest du Groenland. Je m'occupais d'une station de sismographie, et prenais des mesures de champ magnétique, etc.

J'ai quitté l'Arctique pour des missions aux Nations Unies, séjournant ainsi dans de nombreux endroits au Moyen Orient, en Afrique et en Asie. Puis j'ai navigué pour le plaisir dans les Indes occidentales, en Amérique du Sud et en Asie du sud-est, et j'ai traversé Sumatra de Belawan à Palembang à pied, ce qui m'a pris onze mois.

J'ai commencé à publier des livres il y a vingt-cinq ans et vis comme auteur à « plein temps » depuis 1969, mis à part quelques brèves missions pour les Nations Unies en Asie. Ces dernières années, j'ai beaucoup voyagé en Nouvelle Guinée, dans l'Irian Barat, qui est resté à l'âge de pierre et se révèle fascinant des points de vue ethnographique et ethnologique. J'aime les gens plus que leurs constructions et je voyage pour rencontrer des êtres vivants et non pas des temples, des pagodes et autres monuments créés par les humains. J'aime la nature quand il y en a assez, les étendues de glace de l'Arctique et la jungle tropicale.

Comme j'ai passé plus de vingt ans en Arctique, au Groenland, dans le Grand Nord Canadien et en Alaska, j'habite depuis dix ans sous les tropiques, en Indonésie, en Thaïlande et maintenant en Malaisie, pour sérieusement me décongeler et trouver une sorte d'équilibre dans mon existence. Après encore quelques années de ce sauna, nous irons probablement en Europe où la France est le seul endroit où nous ayons envie d'aller, si les Français veulent de nous. Ça devrait passer : je ne suis pas Huguenot !

Je suis marié avec Anette, une Suédoise, formée au Conservatoire avec la chanson comme principal talent.

J'ai un certain nombre d'enfants éparpillés dans le monde. Entre autres, une fille à Angmagssalik, au Groenland, et un fils pilote en Malaisie, deux filles au Danemark et une en Suède.

Ma vie est un « racontar ». Un racontar, c'est une histoire vraie qui pourrait passer pour un mensonge. A moins que ce ne soit l'inverse ? Qui sait ? Certainement pas moi.

Jørn Riel, 1994

Le jour avant le lendemain

Le nord-est du Groenland, vers 1860. Ninioq est une très vieille femme qui appartient à la tribu de Katingak, son fils, grand chef et pêcheur réputé. Elle sait que sa vie est sur le point de s'achever. Bientôt va venir pour elle le moment d'aller s'allonger sur la glace afin de mourir dignement. C'est avec sérénité que Ninioq envisage sa fin, car son existence bien remplie la satisfait. Pourtant, une sourde angoisse vient contrarier cette quiétude, un sentiment qu'elle ne sait définir et qui la taraude. Aussi quand, à la fin de l'été, vient le moment, après une pêche miraculeuse, d'aller faire sécher le poisson sur la petite île de Neqe, Ninioq voit avec soulagement l'occasion de se retirer un peu et de profiter de cette solitude pour réfléchir. Manik, son petit-fils préféré, insiste pour l'accompagner et sera le bienvenu. Ils conviennent que leur tribu passera les chercher juste à temps pour participer à la cueillette des myrtilles. Mais le temps passe et la tribu ne revient pas. L'angoisse de Ninioq commence alors à se préciser et l'idée prend forme que Manik et elle aient pu être abandonnés, qu'ils se retrouvent définitivement seuls au monde. Quel effroyable destin pour le tout jeune Manik, et quelle responsabilité pour Ninioq, si proche de sa fin.

Le jour avant le lendemain est un récit intense, parfois rude, tout en simplicité, sur le destin, la vie, la mort, par la voix chaleureuse du fabuleux conteur qu'est Jørn Riel.

traduit du danois par Inès Jorgensen
Le jour avant le lendemain, 192 pages, 119 F
Prix de littérature nordique 1998 – Prix Millepages 1998

le chant pour celui qui désire vivre

Fabuleuse fresque romanesque, le cycle « Le chant pour celui qui désire vivre » est aussi le trésor ethnologique du peuple Inuit.

Constitué de trois ouvrages qui peuvent se lire indépendamment les uns des autres, il retrace avec *Heq* le début du peuplement du Groenland, il y a 1000 ans, par les Inuit venus de l'Alaska.

Avec *Arluk*, lointain descendant de Heq, chaman investi par les dieux, c'est une époustouflante pérégrination à la fois sur le grand désert blanc et dans l'imaginaire si dense, si magique, du peuple Inuit.

Avec *Soré*, notre contemporaine, c'est l'aventure de la reconquête moderne de la dignité, face à la difficile et nécessaire adaptation au monde d'aujourd'hui.

Avec *Heq*, *Arluk* et *Soré*, on est séduit, envoûté par le monde Inuit – en un savoir gai, grave, tendre et familier. On ne lit pas leur histoire, on la vit.

traduit du danois par Inès Jorgensen
Heq, 288 pages, 129 F
Arluk, 288 pages, 129 F
Soré, 256 pages, 119 F

les racontars arctiques

La série des « racontars arctiques » est une suite de petites fictions dont les héros sont des trappeurs du nord-est du Groenland, « pauvres bougre sublimes », grands buveurs au cœur tendre. Les racontars sont des petits chefs-d'œuvre d'humour.

La maison de mes pères

Où l'on découvre, émerveillé, l'enfance, l'adolescence, puis les premiers émois amoureux d'Agojaraq, métis eskimo entouré de ses cinq pères possibles et de sa vieille nourrice Aviaja. Dans ce Grand Nord Canadien, empreint de culture eskimo, passent des anti-héros magnifiques, Louis le cuisinier français en quête de saveurs nouvelles, le Père Brian, grand escroc devant l'éternel, ou encore Ivitaq, le vieux chaman un peu déconcerté par l'évolution des mentalités. Toute la tendresse du monde, tout l'humour de Jørn Riel.

les racontars arctiques, traduit du danois par Susanne Juul et Bernard Saint Bonnet
La vierge froide, 196 pages, 119 F
Un safari arctique, 216 pages, 119 F
La passion secrète de Fjordur, 250 pages, 129 F
Un curé d'enfer, 224 pages, 119 F
Le voyage à Nanga, 224 pages, 119 F

La maison de mes pères, traduit du danois par Inès Jorgensen
1 – Un récit qui donne un beau visage, 240 pages, 89 F
2 – Le piège à renards du Seigneur, 256 pages, 89 F
3 – La fête du premier de tout, 256 pages, 89 F

Composition Gaïa Editions
Achevé d'imprimer en août1999
sur les presses de France Quercy à Cahors
sur vergé 100 g saumon spécialement fabriqué pour

Gaïa Editions
Chiroulet
40250 Larbey

téléphone : 05 58 97 73 26
télécopie : 05 58 97 73 39

Dépôt légal : première édition, août 1999
N° d'impression : 90867